의사 키우기

# 의사 키우기

**1판 1쇄 발행** | 2018년 4월 20일

**지은이** | 최석구
**발행인** | 이선우
**펴낸곳** | 도서출판 선우미디어
　　　　등록 | 1997. 8. 7 제305-2014-000020
　　　　02643 서울시 동대문구 장한로12길 40, 101동 203호
　　　　☎ 2272-3351, 3352 팩스: 2272-5540
　　　　sunwoome@hanmail.net
　　　　Printed in Korea ⓒ 2018. 최석구

**값 10,000원**

※ 잘못된 책은 바꿔 드립니다.
※ 저자와의 협의하여 인지 생략합니다.

이 도서의 국립중앙도서관 출판예정도서목록(CIP)은 서지정보유통지원시스템
홈페이지(http://seoji.nl.go.kr)와
국가자료공동목록시스템(http://www.nl.go.kr/kolisnet)에서 이용하실 수
있습니다.(CIP제어번호: CIP2018011925)

ISBN 978-89-5658-571-0 03810
ISBN 978-89-5658-572-7 05810(PDF)

# 의사 키우기

**- 의사 40년 40가지 예화 -**

### 최석구 지음

선우미디어

# 책을 내면서

이 글을 쓰면서 계속 느꼈던 것은 기억력의 한계였다. 40년의 짧지 않은 기간 중에서 골라내야 하는 것도 문제였지만 막상 글로 옮기려 하면 희미한 기억 속을 헤매다가 포기하기가 여러 차례였다. 그런 만큼 여기에 모아 놓은 사례는 나에게 엄청 충격적이었던 것들이라 생각한다.

남에게 알리기에는 망신스러운 내용을 주절주절 옮기는 이유는 글 중에서도 밝혔듯이 병아리의사가 쓸 만한 의사가 되기까지는 많은 실수와 좌절을 겪으면서 매일 조금씩 성장하고 발전하는 것이기에 그들에게 따뜻한 시선과 격려를 보내 주었으면 해서이다.

미당 서정주는 〈국화 옆에서〉란 그의 시에서 "한 송이 국화꽃을 피우기 위해 봄부터 소쩍새는 그렇게 울었나 보다. 한 송이 국화꽃을 피우기 위해 천둥은 먹구름 속에서 또 그렇게 울었나 보다'라고 노래했다. 사람을 하나 키우는 데는 그 얼마나 많은 기다림과 인고의 세월이 필요할까? 얼마나 많은 바람이 쌓여야 할까?

크고 작은 실수와 사고의 늪을 지나온 지난 40년을 돌아보면, 그때마다 알게 모르게 믿고 지지해 준 많은 분들의 사랑과 배려가 있었기에 대과 없이 마칠 수 있었던 것 같다. 진심으로 감사하다. 감사합니다. 사랑합니다.

2017년 8월 말로 서울백병원에서 정년퇴직했다. 번잡한 서울 의사 생활을 접고 여유로운 시골 의사로 인생 2막을 시작하면서 강원도 화천으로 터전을 옮겼다. 이제 새로운 만남을, 인연을 기다리며, 그동안 받아 온 사랑에 조금이나마 보답하는 선택이었기를 바란다.

이 글을 바로 잡아 주시고, 발문을 써 주신 유혜자 선생님과 책을 다듬어 주신 이선우 사장님께 감사드리고, 그림을 그려 아빠를 도와 준 명에게도 감사를 전한다.

2018년 3월
최석구

# 차례

chapter

1

# 첫 근무

　1977년 2월 26일, 서울대학교 관악 캠퍼스에서 있었던 졸업식에 참석하고는 서둘러 중구 저동 2가 85번지 백병원(당시 백병원은 중구 저동 1곳밖에 없었고, 인제의대가 설립되기 전이어서 대학병원이 아닌 종합병원이었다)으로 출근했다. 전년도 인턴들이 3일 일찍 손을 놓아 응급실 밤 당직 근무를 앞당겨 하게 되었기 때문이다. 그들은 자기네도 3일 일찍 시작했으니 3일 일찍 끝내야 한다면서 수련부장님을 꽤나 못살게 굴었나 보았다. 점잖은 수련부장님의 당부에 못 이겨 첫 근무를 응급실 밤 근무로 시작하게 되었다.

　졸업식의 들뜬 분위기도 잠시, 저녁도 같이 못한다며 서운해 하는 가족들을 뒤로하고 응급실로 출근하여 응급실 식구들과 인사를 나누었다. 신참 인턴인 나에게 모두들 친절하게는 대했지만 '저 인턴이 무슨 사고를 치지는 않을까?'하는 어던가 불안해하는 표정들이 역력했다. '그래도 내가 명색이 의사인데…' 하며 태연한 척했으나 나의 몸엔 잔뜩 힘이 들어갔다.

낮 당직 근무 인턴은 간단히 인수인계를 해 주고 홀가분하게 떠나 버렸다.

아, 이제부터 혼자구나. 이 밤을 어떻게 보내야 하나? 어떤 환자가 올까? 환자가 오면 어떡하지? 실수하면 어떡하지 등등으로 머릿속이 복잡하고 마음을 잡을 수가 없었다.

그 밤, 몇 분의 환자를 보았는지 지금은 기억이 나지 않는다. 환자가 많지 않았던 것 같고 중환자도 없었던 같다. 그런데도 그 하룻밤이 어찌 그리 길었던지. 다음 날 아침 낮 당직 근무 인턴에게 인수인계하며 나는 속으로 노래를 불렀다.

긴 밤 지새우고……
아침 동산에 올라 작은 미소를 배운다.……
나 이제 가노라 저 거친 광야에……
나 이제 가노라.
　　　-김민기의 〈아침 이슬〉에서

# 항암제 주사

인턴 수련을 받던 당시, 군 보류(Kim's plan) 인턴들은 전공과목을 정하고 수련을 받았다. 내과를 전공하기로 한 나는 소위 '내과 Kim'이었다.

하루는 병실 근무 중에 내과 과장님께서 찾으신다는 연락이 왔다. 궁금해하며 전화를 드렸더니, 응급실에 가면 독일 대사관 직원 부인이 정맥 주사용 항암제를 가지고 와 있으니 가서 새지 않게 잘 놓아 드리라고 하셨다. 항암제는 약에 따라 혈관 바깥으로 새어 나오면 심각한 문제를 일으키기도 한다. 주저하는 나를 알아차리셨는지 과장님은 "당신이 이 병원에서 정맥주사 제일 잘 놓는다고 했으니 알아서 해!" 하셨다.

응급실에서 환자를 만나 이것저것 확인을 하는데 환자의 표정에 근심이 가득했다. 서툰 영어에, 자신 없어 하는 내 마음을 읽었던 것 같았다. 가지고 온 주사약을 주사기에 채워, 환자의 팔 정맥을 찾아 주사기를 꽂고, 천천히 매우 천천히 주사약을 밀어 넣는데 왜 그렇게 떨리고, 진땀은 나던지. 그 후에도 몇 번 더 주사를 맞으러 오셨던 환자는 나를 보면 말없이 팔을 걷어 올리고 체념한 듯이 고개를 돌리고 계셨다.

부인 정말 죄송했습니다. 영어가 서툴고 몸은 떨렸지만 마음속으로는 부인의 완쾌를 기도하며 주사를 놓았습니다.

# 객사

1977년 당시엔 환자 상태가 매우 나빠져 회복이 어렵다고 판단하면 환자를 집으로 모셔서 가족들이 지켜보는 가운데서 돌아가시도록 했다. 소위 hopeless discharge를 했다. 과장님의 허락이 떨어지면 병실 주치의인 1-2년차 레지던트의 지시에 따라 인턴이 앰뷸런스에 동승해서 집까지 모셔다 드렸다. 병원에서 운명하는 것을 객사로 여겨, 가족들은 원했지만 인턴에게는 정말 끔찍이 싫은 업무 중의 하나였다.

병실에서 달고 있던 생명 유지 장치를 모두 떼어내고 기관 내에 삽입되어 있는 튜브만 유지하여 ambu bag을 쥐었다 폈다 하며 환자의 집까지 갔다. 전해 오는 주의사항에 따르면, 집에 도착하면 환자를 방에 모시고 기관 내 튜브를 제거한 뒤에, 환자 상태를 확인하고 나서 사망 선언을 하고는 뒤돌아보지 말고 도망쳐 나오라고 했다. 머뭇대다가는 가족들 중에 과격한 사람이 가끔 인턴에게 멱살잡이를 하거나 주먹질을 할 수 있다는 것이었다.

하루는 패혈증성 쇼크로 hopeless discharge하는 환자를 북아현동 굴레방 다리 근처의 집으로 모셨다. 가는 도중, 잔뜩 긴장한 채 환자 곁을 지키고 있는 나에게 보호자가 이런저런 푸념을 늘어놓았다. 눈치껏 응대하고 있던 나에게 보호자의 한 마디가 비수가 되어 날아왔다. "어떻게 병원에서는 매번 뒷북만 치지요?" 환자의 경과를 예측하고 미리 필요한 치료를 하는 게 아니라, 환자의 상태가 나빠지면 그때야 야단법석을 떨고 이미 소용없게 된 설명만 한다는 것이었다. 어떤 대답도 생각나지 않았다.

별 탈 없이 병원으로 되돌아 왔으나 언제나 그때 그 보호자의 따끔한 충고를 잊지 않으려고 노력했다. 하지만 때때로 지식이 부족해서, 경험이 부족해서 때를 놓치고, 환자를 잃기도 했었다. 또 한 번 죄송합니다.

※ 2016년 통계청 사망 통계 자료에 따르면 사망 장소로 병의원, 요양병원이 74.9%, 집이 15.3%, 기타(사회복지시설, 산업장, 도로 등)가 9.8%였다.

# 채혈

인턴의 업무 중 하나가 이른 아침 검사용 혈액을 채취하는 일이었다. 환자들이 아침 식사를 하기 전에, 그날의 검사에 따라 필요한 양의 혈액을 채취하여 각각의 시험관에 적정한 양만큼의 혈액을 담아 두어야 했다. 전날 새로 입원한 환자가 많았던 날은 그 업무량이 만만치 않았다.

혈관 상태가 좋은 환자는 금방 끝나지만, 그렇지 않은 환자는 여러 번 찌르게 되니 채혈하는 사람도 힘들지만 환자들의 고통도 심했다. 채혈 시간이 지연되면 아침 8시에 시작하는 학술 발표에 늦게 되니 시간 안에 끝내야 하는데 마음대로 되지 않는 날은 애가 탔다. 간호사들 중에 정맥을 기가 막히게 잘 찾는 이들이 있어 도움을 받으면 좋겠는데, 인턴을 돕다가 발각되면 간호부서장에게 혼난다고 손사래를 쳤다.

새벽같이 일어나 그날 채혈해야 할 환자의 명단을 놓고 쉽게 할 수 있을 것 같은 환자들부터 어려울 것 같은 환자 순으로 재정렬을 한다. 손을 풀어 손끝의 감각을 최대한으로 올린 후 쉬울 것 같은 환자부터 채혈을 시작한다. 두 번 시도해도 안 되는 환자에겐 "죄송합니다 조금 있다 다시 오겠습니다" 하고 다음 환자로 이동한다. 그렇게 서둘러도 8시 전에 다 끝내지 못할 때가 많았다. 이럴 때는 비상수단을 써야 했다.

채혈을 끝내지 못한 환자들의 명단과 기구들을 담은 쟁반을, 점찍어 둔 마음씨 좋고 솜씨 좋은 간호사 옆에 살짝 두고 "미안" 하고 학술 발표장으로 도망간다. 학술 발표가 끝나고 과장님을 모시고 병실 회진을 돌면서 보면 그 미완의 쟁반은 치워져 있고, 나의 비밀을 아는 환자들은 회진이 지나갈 때 빙긋이 웃으신다.

그때 팔을 맡기고 조마조마 가슴 졸이고 계셨을 환자분들 정말 죄송했습니다. 그리고 소리 소문 없이 도와주었던 동료 간호사들 정말 고마웠습니다. 여러분들 덕분에 무난히 인턴을 마쳤습니다.

참고로 요즘은 인턴이 채혈을 하지 않는다. 채혈 전문가들이 환자들의 불편을 최소화하면서 귀신같이 채혈을 한다. 진작 그랬어야 하는데.

# 골수 흡입 검사

인턴은 정해진 교육 일정에 따라 여러 과를 돌면서 임상의학에 대한 기본 지식과 경험을 쌓는다.

내과를 돌 때이다. 혈액 질환이 의심되는 환자의 골수 흡입 검사를 앞두고 있었는데 한 해 빠른 내과 레지던트가 직접 해 보겠느냐고 내게 제의했다. 무엇이든 해 보고 싶은 인턴에게 이런 기회는 특전이나 다름없었다.

설레는 마음으로 골수 흡입 검사에 대한 내용을 복습하고 기구들을 챙겨 환자의 병실로 갔다.

골수 흡입은, 환자를 엎드려 눕게 하고 골반뼈 부위를 소독한 다음 오염 방지용 방포를 덮고 표시한 곳 주위를 국소 마취한다. 그리고 피부를 조그맣게 절개하고 굵은 천자(穿刺)용 바늘을 힘주어 밀어 넣으면서 골반뼈의 껍질을 뚫고 들어가는 느낌을 놓치지 않아야 한다. 이때 환자는 잔뜩 긴

장해서 아프다는 소리도 못한다. 그런 다음 골수를 뽑아내야 하는데 주사기를 바늘에 꽂고 주사기의 수컷을 힘껏 당겨야 한다. 그런데 골수를 뽑아낼 때 골수 내에 음압이 걸리고 환자는 격심한 고통을 느끼는데 환자의 고통을 덜어 준답시고 살살 주사기를 당기면 골수는 얻지 못하고 말초 혈액만 얻게 된다.

난감해 하고 있는 나를 보던 레지던트는 손을 바꾸자고 하더니 단박에 골수를 뽑아냈다. 물론 환자는 엄청난 고통을 참아내야 했지만.

괜히 연차가 있는 게 아니라는 걸 실감하는 순간이었다.


"그들의 배꼽에 건강과 그들의 뼈에 골수를 얻을 것이요."
-교리와 성약에서

# 복부 천자

간질환을 오래 앓게 되면 간경변증이 오고 그 합병증으로 복수가 찰 수 있다. 저염식에 균형 잡힌 식사 그리고 이뇨제 등으로 조절해 보지만 마지막엔 잘 조절되지 않아 결국 주사기로 뽑아내게 된다. 즉, 복부 천자를 하게 된다.

1-2개월에 한 번 정도 복부 천자를 받으러 오는 환자가 있었다. 복수가 차면 복압이 올라가고 횡격막을 밀어 올려 호흡이 어려워져 병원을 찾게 된다.

이런 환자는 우선 침상에 눕게 하고 머리를 높게 해줘야 한다. 그리고 하복부 천자 부위를 잘 소독한 다음 오염 방지용 방포를 씌우고, 국소 마취 후 복수가 잘 흘러나오는 지점에 굵은 바늘로 복벽을 찔러 고정한다. 이제 복수가 계속 잘 흘러나오기만 하면 되는 일이다.

그런데 이게 그리 쉬운 일이 아니다. 용기 안에 고여 있는

액체를 뽑아내는 것과는 차원이 다르다. 복강 내에는 내장과 장간막 등의 장애물이 있어, 복수가 어느 정도 빠지면 이들이 바늘 끝을 막거나 주위에 벽을 쌓아 더 이상 흘러나오지 않는다. 바늘 위치를 바꿔 보기도 하고 환자의 체위를 바꿔 보기도 하지만 조금 나오는 듯하다가 다시 나오지 않았다. 난감해 하고 있는데 옆에서 돕던 간호사가 한 마디 던졌다.

"바늘을 바꿔 보지요. 좀 더 굵은 것으로."

간호사의 말은 환자의 배를 두 번 찌르는 것이 망설여져 주저하고 있던 나에게 결정적이었다. 환자에게 양해를 구하고 꽂혀 있던 바늘을 빼내고 굵은 바늘로 바꿔 꽂자 다행히 복수가 술술 잘 흘러 나왔다. 휴….

공자 말씀에 '三人行 必有我師焉'이라고 했던가?

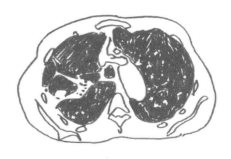

# 중환자실

내과 병동 주치의를 할 때였다.

나의 일과는 오전 회진 준비, 학술회의, 오전 회진, 회진 후 추가 지시사항 실행, 퇴원 환자 교육 및 외래 약속 확인, 특수 검사 집행, 신규 입원 환자 파악 및 검사 지시 및 확인, 그리고 오후 회진 준비, 오후 회진, 회진 후 추가 지시사항 실행, 퇴원 예정 환자 서류 정리, 내일 실시할 검사 지시 및 확인 등등 하루 하루가 어떻게 지나가는지 모를 정도로 숨 가쁜 나날이었다. 또 늦은 저녁식사 후 밀린 공부를 하다가 병동과 특히 중환자실 환자들의 상태를 살펴 본 후에야 잠자리에 들 수 있었다.

그 날도 여느 날과 다름없이 마지막으로 중환자실에 들렀다. 내가 맡은 환자들의 상태를 점검하고 그날 실시한 검사 결과들을 확인하고 있다가 중환자실 소파에서 잠이 들고 말았다. 검사 결과가 회신되지 않은 게 있어 기다리다가 나도 모르게 잠에 빠져든 것이었다. 한기에 잠이 깨어 시계를 보니 자정이 지나 1시쯤이다. 잠깐 눈을 감은 것 같은데 두어 시간이나 잔 것이다. 검사 결과를 확인하고 당직실에 올라가려고 중환자실을 나서는데 한 무리의 사람들이 나를 에워쌌다. 보호자들이었다.

그분들께 환자들에 대한 상태를 대강 설명하고 자리를 뜨려고 하는데 나이 지긋하신 한 분이 깍듯이 인사를 하셨다. "이렇게 늦게까지 우리 가족을 돌보아 주시니 정말 감사합니다." 아마도 내가 중환자실에 들어갈 때부터 나오기를 기다리셨는데 담당의사가 오랫동안 중환자실에서 나오지 않으니 무슨 일이 일어난 게 아닌가 몹시 걱정을 하셨던 것 같았다. 내 설명을 듣고는 안심하면서 의료진에 대한 고마움을 진심으로 표현하시는 그분께 "사실은 제가 졸다가 늦어졌어요" 라고는 차마 말씀드릴 수 없었다.

어르신, 좋게 생각해 주셔서 감사했습니다.

# 촌지

내과 병동에는 특실부터 8인용 병실까지 다양한 병실이 있었는데 병실 사용료의 차이가 컸다. 8인용 병실은 자연히 경제적으로 여유가 없는 분들이 이용하였는데 시골에서 올라온 분들도 많았다.

지금 내가 소개하는 분들은 충청도에서 오신 할아버지와 간병하시던 할머니인데 진짜 순박한 충청도 양반이셨다. 고통 중에도 품위를 잃지 않으셨던 할아버지, 지극 정성으로 돌보셨던 할머니를 지켜보던 많은 이들이 존경하게 되었다. 그런데 할아버지의 병세가 호전되지 않자 고향으로 돌아가기로 결정하시고 퇴원 이후에 대해서 이런저런 질문을 하셨다.

이런 상황에서는 의사나 환자, 보호자가 다 마음이 아프고 대하기가 불편하다. 그런데 할머니께서 일부러 찾아오셔서 잠깐 따로 보자고 하셨다. 고맙다고 하시면서 하얀 봉투를 내미셨다. 얼른 알아차리고 사양하자 손자 같아서 그런다 하시며 기어이 가운 주머니에 넣으셨다. 감사하다는 인사를 하는 둥 마는 둥 그 자리를 벗어났는데 곧 다른 일로 잊고 있었다. 저녁 무렵 가운 주머니에서 봉투를 발견하고 확인해 보니 1000원짜리 헌 지폐 한 장이 들어 있었다.

이 돈을 어떡하나? 돌려 드려야 하나? 할머니께서 깊숙이 감춰둔 비상금을 큰마음 먹고 주신 것일 텐데.

할아버지께서 퇴원을 하셨지만 할머니께서 내게 주신 그 봉투는 오래도록 내 가운 주머니에 남아 있었다.

지금은 두 분 다 돌아가셨겠지만 할머니 감사했습니다. 그 마음 잊지 않겠습니다.

당시 나의 월급은 10여만 원이었다.

# 형님

　하루는 오전 회진 중인데 내과 병동 복도에서 큰소리가 났고 간호사들이 그 쪽으로 달려가는 것이었다. 지나가는 간호사에게 무슨 일이냐고 물으니, 환자 보호자가 흥분해서 소리를 지르고 소동을 피우고 있다고 했다. 가끔 있는 일이어서 대수롭지 않게 여기고 다른 병동까지 회진을 마치고 내과 병동으로 돌아왔다. 그런데 좀 전에 소동을 부린 분이 내가 맡고 있던 환자의 보호자였다.

　무슨 일일까? 왜 그러시지? 지금 어디 계시냐고 물으니 마침 회진중이시던 원장님께 항의를 하고 어디론가 가버리셨다고 했다.

　당뇨병과 폐결핵을 같이 앓고 있어 상당히 중한 50대 환자의 형님이었다. 혈당 조절이 잘 되지 않으면 결핵 치료도 어려워지고 또 폐결핵은 격리 치료를 해야 해서 어느 정도 입원 기간이 길어질 것 같던 환자였다. 며칠 전부터 형님은 계속해서 공기 좋은 곳으로 데려가서 요양시켰으면 한다면서 퇴원을 조르고 있었다.

원장님께 뭐라고 항의했냐고 물으니, "새파랗게 어린놈이 보호자가 몇 번이나 퇴원을 요청했는데 안 된다고만 하고 말을 들어먹질 않는다. 치료비는 지 놈이 낼 거야?"라고 했다고 한다.

그것이었다. 형님이 동생의 치료비를 내주어야 하는데, 입원 기일이 길어지고 치료비가 불어나니 하루라도 일찍 퇴원시키고 싶은데 젊은 의사는 매몰차게 안 된다고만 하니 답답해하다 폭발해버렸을 것이다. 그렇다고 돈 때문에 치료 중인 동생을 퇴원시키려고 한다는 말씀은 차마 하지 못하셨으리라.

오후 회진 때, 형님을 만나 환자 상태를 다시 설명하고 왜 입원 치료를 계속해야 하는지를 강조했다. 말없이 듣고 계시던 형님은 "세상에 어느 형이 동생 치료를 대충 하려고 하겠느냐? 내 형편이 그렇게 안 되는데…" 하며 눈물을 글썽거리셨다.

며칠이 지나 한 보따리 약과 주의사항을 듣고 환자는 퇴원했고 그 후 소식은 듣지 못했다. 보호자의 마음이 상하지 않게 조심해서 말씀을 드렸어야 했는데 철이 없어 거기까지 생각하지 못했던 것 같다.

　죄송했습니다. 당시에는 전 국민이 의료보험 혜택을 보는 시절이 아니었다.

# 수석 레지던트

　오후 회진은 수석(4년차) 레지던트가 주관해서 돌곤 했다. 1년차 레지던트인 나에게 수석 레지던트는 경외의 대상이었다. 의학 지식이나 시술 기법, 환자를 대하는 방법이나 태도 등에서 거의 우상이나 다름없었다.

　하루는 오전에 혈압이 많이 높아 입원한 환자가 있어, 환자의 병력 청취와 신체검사를 한 후 추가 검사와 항고혈압제 투약을 지시했다. 당시에는 주치의가 서면으로 지시(order)하면 인턴이 처방전을 쓰고, 간호사가 접수하고 확인한 후에 간호조무사에게 처방전을 가지고 약국에서 필요한 약을 타오게 했다. 간호사는 그 약을 환자에게 투약한 후에 의무기록에 몇 시 몇 분에 실행되었는지 기록하게 되어 있었다.

　오후 회진 준비를 하면서 확인하니, 환자의 혈압이 입원할 때에 비해 별로 내려가지 않았다. 의무기록을 보니 오후 2시쯤 투약한 것으로 기록되어 있어 조금 더 있어야 약효가 나타날 건가 보다 하고 지나갔다.

4시쯤 수석 레지던트와 병실 회진을 돌면서 보고를 했다. 고혈압환자인데 약을 복용한 지 얼마 되지 않아 아직 약에 대한 반응이 없는 것 같다고. 수석 레지던트는 인자한 분이었는데 미소를 띠며 환자에게 "혈압약은 잘 드셨지요?"라고 물으니 환자는 여태 약이라고는 한 알도 안 먹었다고 대답했다. 아이고! 수석 레지던트의 얼굴색이 변하고 있었다.

자초지종을 알아보니, 약이 도착해서 환자에게 전하러 갔는데 환자가 자리에 없어 돌아오면 주어야지 하다가 깜빡했다는 것이었다. 기록엔 주었다고 되어 있지 않느냐 했더니 간호사의 습관으로 투약하기 전에 미리 기록을 하기도 한다고 했다. 수석 레지던트는 점잖게 한 말씀하셨다. "그것까지 챙겼어야지. 환자의 경과에 대한 최종 책임은 의사의 몫이다. 지시만 했다고 책임을 다한 것이 아니다. 환자의 경과가 예상한 것과 다르면 무엇이 잘못되었나 의심해 봐야 한다."

그 후로 회진 준비 때는 더 꼼꼼하게 챙기게 되었다. 이래서 의사는 더욱 강박적이 되고, 좁쌀이 되어 가는 것인지.

# 급성 심근경색증

또 한 분의 수석 레지던트는 독특한 경력을 가진 분이었다. 한의대를 졸업한 한의사이면서 다시 의대를 졸업하고 인턴, 레지던트 과정을 밟아 수석 레지던트가 된 분이었다. 우리 또래보다 연배가 높았고, 사회 경험이 많아 그런지 모든 분야에서 아는 것이 많았는데, 가끔은 직감적일 때가 있었다.

하루는 이 분이 응급실을 지나가다 급히 실려 오는 환자를 보고 간단히 병력을 청취한 후, 급성 심근경색증(의증)이란 진단을 내렸다. 내과 의국에 비상이 걸렸다. 급성 심근경색증이란 매우 위중한 병이어서 분 초를 다투어 치료하지 않으면 생명을 잃게 되기도 한다.

모두 응급실로 달려가, 환자를 절대 안정시키고 산소를 흡입하게 한 후, 혈관을 확보하여 통증을 조절해 주며 심전도를 찍고 채취한 혈액을 검사실로 보내고 연이어 심전도를 찍어서 심전도에 변화가 있는지 비교하였다.

그런데 그 환자는 급성 심근경색증 환자가 아니었다. 두 시간의 소동이 끝나고 머쓱해진 수석 레지던트는 매우 비슷했다고 하면서 무엇일지 모른다고 의심하는 생각(index of suspicion)이 없으면 드문 질환은 찾아내기 어렵다고 조언했다. 사실 그 당시에는 우리 병원 규모의 병원에서는 1년에 10명의 급성 심근경색증 환자도 보기 어려웠던 시절이었다.

그 후로, 응급실에서 비슷한 환자를 볼 때마다 그때를 되살리면서 혹시 급성 심근경색증은 아닐까 의심하게 되었다.

감사합니다. 덕분에 큰 실수 없이 임상의 생활을 할 수 있었습니다.

# 가래 세균 염색 검사(Gram stain)

1년차 레지던트 시절, 과장님이 새로 부임해 오셨다. 미국령 괌에서 근무하다가 귀국하여 막 우리 병원으로 오셨다고 했다. 그래서 따끈따끈한 미국식 의료를 배울 수 있을 거라는 기대가 컸다.

그분 파트의 주치의로 근무할 때, 저녁 회진 후 응급실을 통해 폐렴이 의심되는 환자가 입원했다. 밤새 검사를 내고 결과를 확인하고 처방을 내었고, 아침 회진 때 신입 환자에 대해 보고했다. 가만히 듣고 계시던 과장님은 가래검사 결과가 어땠냐고 물어보셨고, 나는 미생물 분야의 기사가 당직 근무를 하지 않아 출근하면 챙겨서 보고 드리겠다고 답했다. 그런데 과장님께서 대뜸 "최 선생은 뭐 했어?" 하셨다.

"네?!"

너무나 의외의 말씀이었다. 당시 병원의 체제상 레지던트가 그런 검사를 직접 하지 않았다. 학생 실습 때 가래검사를 해보긴 했지만 그 후로 한 번도 해본 적도 없었고, 한다 해도 그 결과는 나 자신도 믿을 수 없는 수준이었다.

과장님은 "폐렴 환자에게 항생제를 골라 쓸 때, 가래 내 세균검사 결과가 도움이 되지 않느냐? 그러니 그 결과가 없다면 얻도록 해야 하고, 기사가 없으면 의사가 하면 된다."고 하셨다. 처음엔 서툴러도 계속하다 보면 아주 쉽게 믿을 만한 결과를 얻게 된다는 부연 말씀까지 하셨다. 그 후로, 일과 후에 환자가 입원하면 필요한 모든 검사를 기사가 있건 없건 간에 하려고 노력했다.

선진 의료라는 게 첨단의 장비와 최고의 의료진, 풍부한 지원만으로 되는 것이 아니라 작은 일에도 최선을 다하는 프로정신이 중요하다는 것을 그 과장님으로부터 배웠다.

# 전신성 홍반성 루푸스

　전신성 홍반성 루푸스를 앓고 있는 40대의 아주머니가 있었다. 여러 주요 장기를 침범하여 중환자실에서 부신 피질 호르몬을 투여하면서 경과를 지켜보고 있는 중이었다. 감정의 기복이 심하고 자신의 건강에 대하여 심하게 불안해하며 불면증을 호소하였다. 혹시 부신 피질 호르몬의 부작용이 아닐까 하여 호르몬의 양을 줄여 보기로 한 후 며칠이 지난 아침이었다.

　오전 회진을 준비하기 위해 중환자실에 들렀더니 환자가 그때까지 자고 있었다. 이상하다? 평소 같으면 밤새 한숨도 못 잤다, 전혀 차도가 없다, 치료는 잘하고 있는 거냐 등 불평과 걱정을 듣느라 아침 학술회의 시간에 늦기가 일쑤였는데 담당 간호사 말로는 밤새 보채다가 새벽부터 잠이 든 것 같다고 했다.

학술회의가 끝나고 과장님을 모시고 회진을 돌면서 환자의 경과와 아침 상태에 대해 설명을 드렸더니 "아니야, 자는 게 아니야." 하시며 환자를 깨워 보신다. 반응이 없다. 자는 것이 아니라 호르몬의 양을 줄이는 바람에 병세가 악화되어 의식상태가 나빠진 것이었다. 서둘러 부신 피질 호르몬을 대량 투여하였다. 환자는 이튿날부터 의식이 돌아오며 다시 불평과 걱정을 늘어놓기 시작했다. 그 불평과 걱정이 그렇게 반갑고 고마울 수가 있었을까?

소중한 것을 배웠다. 자는 것 같아 보여도 모두 자는 것이 아니었다. 다음부터는 늦잠 자는 환자는 짜증을 내더라도 꼭 깨우는 습관이 생겼다.

chapter

2

# 부자 할머니

1979년 인제의대가 설립되고 부산백병원이 개원하면서, 당시 2년차 레지던트였던 3명이 3개월씩 부산백병원에서 파견근무를 했다.

나는 9, 10, 11월 석 달을 부산백병원 당직실에서 지내면서 거의 말뚝으로 병실 환자들을 돌보았다. 부산백병원 소속 1년차 레지던트가 두 명 있었지만 순환기내과 주치의 겸 내과 의국 수석 레지던트 대리까지 겸했다.

하루는 늦은 저녁 일과가 끝나고 당직실에서 쉬고 있는데 병실에서 전화가 왔다.

"선생님, 큰일 났어요. 내려와 보셔야겠어요."

무슨 일이냐고 물어보니 VIP 환자가 흥분하여 간호사 뺨을 때리고 당직의사를 불러달라고 한다는 것이었다. 급히 병실에 갔다.

호출 벨이 울려 병실에 들어가니 '왜 늦게 왔냐'며 다짜고짜 뺨을 때렸다고 했다. 뺨 맞은 간호사가 한 쪽에서 울먹이고 있었는데 환자는 협심증이 의심되는 60대 할머니로 과장님과 가까운 지인으로 부산에서 돈 많기로 알려진 분으로 과장님께서 잘 돌봐 드리라고 당부하신 분이다.

이 상황이 참 난감했다.

"어디가 불편해서 그러시냐?"고 물으니, 자려고 하는데 가슴이 답답해 와서 호출 벨을 눌렀는데 간호사의 대응이 늦었다는 것이었다. 일단 환자를 안정시키면서 심전도를 찍어 진정시켰다. 그리고는 한마디 하고는 병실을 나왔다.

"그렇게 흥분하시면 협심증에 좋지 않습니다. 나이 어린 간호사에게 그렇게 하시면 안 됩니다."

'환자니까 참자'고 뺨 맞은 간호사를 위로해 주고 당직실로 되돌아왔다. 그리고 몇 시간 후 잠이 들려고 하는데 다시 전화가 울렸다. 그 환자분의 아들이 와서 면담을 신청한다고 했다. 가족들에게 연락이 간 것 같았다.

"어떻게 환자에게 그럴 수 있냐?" 다른 병원으로 가겠다며 앰뷸런스를 준비해 달라고 항의를 하는 것이었다. 아들에게 경과를 다시 설명하고는 "그게 환자에게 좋겠다고 생각하면 그렇게 하세요. 앰뷸런스는 주선해 주겠습니다." 하고는 당직실로 돌아왔다.

다음 날 아침, 오전 회진시간에 과장님께 보고를 드렸더니 이미 들어 알고 계신 것 같아 더 이상 말씀드리지는 않았고, 환자는 1주일가량 더 입원해 있다 퇴원했다.

성질 급한 할머니, 그러시면 안 됩니다. 그 간호사도 남의 집 귀한 딸이랍니다.

# 기관 절개술

결핵성 뇌막염으로 입원해 있던 20대 청년이 있었다. 의식이 온전하지 않아 가래를 잘 뱉지 못해 흡입관으로 자주 뽑아내고 있었다. 그도 신통치 않을 때는 다시 열이 나고, 폐렴이 병발하지 않을까 걱정되는 환자였다.

1주, 2주 지나도 별로 차도가 없어 기관 절개술을 해서 가래를 제대로 뽑아내어 보자고 하여 신경외과에 협진을 의뢰했다. 며칠이 지나도 바쁘다며 해 주지 않아 어느 날 인턴을 데리고 직접 기관 절개술을 했다. 조수를 몇 번 서 보았고, 복습한 대로 하니 무사히 잘 끝낼 수 있었다.

그 후로 환자가 점점 회복되어 의식이 많이 좋아지고 가래도 뱉을 수 있게 되어 기관 속에 넣어 둔 관을 뽑아야 할 때가 되었다. 관을 제거할 때는 더 위험해질 수 있다고 하여 신경외과에 다시 협진을 신청했다.

병실에서 신경외과 교수님께서 찾으신다는 연락이 왔다.
달려가 보니 교수님의 표정이 그리 좋아 보이지 않았다.

"이것 누가 했어?"

"제가 했습니다." 하니 한동안 노려보시더니, "겁도 없이"
하며 관을 뽑고 잘 지켜보라고 하며 가셨다.

상처는 다행히 잘 아물었고 환자는 일어나서 걷기 시작했
다. 내가 파견 근무가 끝나고 서울백병원으로 복귀하고 난
뒤에 그 환자도 퇴원해서 고향인 거제도로 돌아갔다고 들었
다.


천하에 범사가 기한이 있고 모든 목적이 이룰 때가 있나
니… 날 때가 있고 죽을 때가 있으며… 찢을 때가 있고 꿰맬
때가 있으며… ─전도서에서

# 복강정맥 단락(短絡)

　1년차 레지던트가 담당했던 환자 중에 복수가 조절되지 않는 환자가 있었다. 자주 복수 천자를 해서 복수를 뽑아내고 있었는데, 식사는 잘하지 못하면서 복수를 계속 뽑아내니까 탈수와 혈중 알부민 수치가 떨어지는 문제가 있었다.

　하루는 오전 회진을 마치고 병실을 둘러보는데 1년차 레지던트가 복수 환자에게 무언가 처치를 하고 있었다. "무엇해요?" 하고 물으니 위의 문제를 해결하기 위해 복수를 뽑아서 환자의 정맥으로 넣어 주려고 한다는 것이었다. 책에서 읽어 그런 처치가 있다는 것은 알고 있었지만 한 번도 실제 하는 것을 본 적이 없어 "해 본 적이 있어요?" 하니 없다고 했다.

　잠시 생각하다 그만 두는 것이 좋겠다고 만류했다. 정맥 주사용 세트를 연결하여 복수를 뽑아내어 적절한 여과 장치(filter)도 없이 정맥에 직접 주입하는 경우 올 수 있는 합병증을 생각하면 '이건 아니다' 싶었던 것이다. 단락이 잘 기능하지 않을 수가 있고 세균에 감염되면 패혈증으로 환자가 위험해질 수도 있다. 정맥 혈전이나 범발성(汎發性) 혈관 내 응고장애가 올 수도 있고, 많은 양의 복수가 정맥으로 주입되어 폐부종을 일으킬 수도 있다. 그래서 좀 더 알아보고 난 뒤에 하자고 했다.

1년차 레지던트는 잔뜩 불만스러운 얼굴로 기구들을 정리해서 나갔다.


나는 환자의 건강과 생명을 첫째로 생각하겠습니다.
－히포크라테스 선서에서

# 첫 왕진

1980년 4월부터 전라남도 진도군 고군면 보건지소에서 6개월 동안 무의촌 근무를 했다. 당시에는 전문의 시험에 응시할 수 있는 자격을 얻으려면 정부가 지정해 주는 무의촌에서 지역 주민들을 위한 보건지소를 운영해야 했다.

전라남도 도청이 있었던 광주에서 진도 고군이라 적힌 누런 봉투를 하나 받아 들고 진도읍에 있는 보건소를 거쳐 고군면 보건지소를 찾아갔다.

한동안 의사가 없어 비어 있었던 보건지소 건물은 썰렁했고 먼지만 자욱하게 쌓여 있었다. 보건지소에 있어야 할 보건요원들도 의사가 없는 사이 모두 면사무소로 옮겨 가 진료를 도와줄 인력은 아무도 없었다. 졸지에 그야말로 북 치고 장구 쳐야 하는 신세가 되었다.

혼자서 청소하고 약품과 기구를 정리해야 했다. 그러던 어느 날, 이른 아침에 전화가 울렸다. 받아 보니 왕진을 와 달라고 했다. 어디가 불편하시냐 물어도 와보면 안다며 재촉을 했다.

진찰 도구를 챙겨서 찾아갔는데 허름한 시골집 방에 한 노인이 누워 계셨고, 준비해 놓은 아미노산 제제를 정맥 주사해 달라고 하셨다.

어디가 불편하시냐? 왜 맞으려 하시냐? 물어도 무조건 주사만 꽂아 달라고 하셨다. 자기는 한 달에 1병씩 영양주사를 맞아야 한다는 것이었다. 더 실랑이를 해야 소용없을 것 같아 정맥을 찾아 바늘을 밀어 넣고 반창고로 고정한 후 방울수를 조절하고 2시간쯤 있다 다시 오겠다고 하며 일어서려니까 빼는 것은 자신이 할 수 있다 하시며 왕진비를 건네주셨다.

여기서 분명히 해 두지 않으면 계속 부를 것 같아, 오늘은 온 김에 놓아 드렸지만 불필요한 주사는 다시 놓아 드리지 못한다고 하고 왕진비는 받지 않았다.

다시는 왕진 요청이 없었다.

# 장날

보건지소 가까운 곳에 시골 장터가 있었고 장날이면 이웃 마을 사람들이 모여 북적거렸다. 모내기철이 되자 장날은 더 붐비기 시작했고 보건지소에도 찾아오는 환자들이 많아졌다. 그런데 문제는 늘어난 환자의 대부분이 정맥주사 맞으러 오는 아주머니들이었다.

모내기가 시작되면 일이 힘들고 식사를 놓치는 경우가 많은데, 그곳 사람들은 아미노산 제제 500cc를 한 번 맞으면 모내기철 내내 지치지 않고 몸이 상하지 않는다고 믿고 있었다.

그런 분들에게 "그건 잘못 알고 있는 것이고 그 돈으로 고기를 사서 반찬을 해서 먹는 것이 훨씬 건강에 좋을 것"이라고 입이 마르게 설명해도 막무가내로 맞고 가겠다고 졸랐다. 한 사람도 아니고 여럿이 가지 않고 졸라대니 그런 낭패가 없었다. 그분들은 결국 집으로 돌아가는 차 시간이 되어서야 한 분 두 분 보건지소를 나가시곤 했다.

그러던 어느 날, 저녁을 먹으면서 아내가 한 마디 했다.

"해 달라는 대로 해 주면 훨씬 빨리 끝나겠구만."

장날마다 몇 번을 이런 홍역을 치르고 났더니 더 이상 정맥 주사를 맞으러 오는 사람이 없었다.

아내의 말에 의하면 마을 사람들 사이에 "저 의사는 의대를 졸업한 지 얼마 안 되어 주사를 놓을 줄 모른다."고 소문이 났다고 했다.

# 또 왕진

얼마 되지 않아 왕진을 요청하는 전화가 또 왔다. 보건지소 건물 조금 아래쪽에 유리 가게가 있었는데 그 가게 젊은 사장이었다. 그분과는 처음 인사 다닐 때부터 알고 지내는 사이였다.

무엇이 문제냐고 물으니 반바지에 샌들 신고 오토바이를 타다 장딴지에 화상을 입었다는 것이었다. 생리식염수로 깨끗이 씻고 연고를 바르고 붕대도 감고 해야 할 것 같아 보건지소로 오라고 하고 전화를 끊었다. 조금 있다 또 전화가 왔다. 아파서 움직일 수가 없으니 필요한 준비를 해서 왕진을 와 달라고 했다. 나는 치료 시설을 옮길 수는 없으니 보건지소로 오라고 설득했다. 몇 번의 통화 끝에 결국 잔뜩 부은 얼굴로 오토바이를 타고 왔다.

그분의 화상 부위는 크지 않았다.

치료를 해주고는 그분에게 날마다 상처 소독하고 붕대를 갈아붙여야 하니 매일 와서 치료를 받아야 한다고 주의를 주어서 돌려보냈다. 이후 몇 차례 더 와서 치료받고 갔다.

왜 그렇게 왕진을 고집하는지 알 수 없었다.

# 진돗개

　밤늦게 또 왕진 요청이 왔다. 시골은 달이 없는 밤은 정말 칠흑같이 어두웠고 내가 밤눈이 어두워서 밤에는 나다니기를 못하는 편이었다.

　할 수 없이 자전거에 진료 도구를 싣고 일러 준 마을로 찾아갔다. 보건지소에서 1km정도 떨어진 자연 부락에 도착해 환자가 사는 집을 물어서 찾아가는데 집집마다 진돗개 한두 마리씩을 키우고 있어 집 근처에만 가면 으르렁거리는 개 소리에 등골이 오싹했다. 어디에 있는지 보이지도 않는 곳에서 으르렁거리고 있으니 언제 어디서 튀어나와 물지 알 수 없는 상황이었다.

　다행히 환자 집을 찾았지만 마당에 들어서지 못하고 주인을 찾는데 마루 밑에 4개의 파란 불빛이 나를 노려보고 있었다. 집안에 들어서면 공격해 올 것 같아 문간에서 계속 주인을 불렀더니, 한참 후 방문이 열리며 "소장님 왔소?" 한다. 신기하게도 주인의 목소리를 듣자 으르렁거리던 소리가 딱 그치고 파란 눈빛도 없어졌다. 주인에게 개 때문에 못 들어 가겠다고 하자 주인이 아는 사람은 공격하지 않는다고 했다.

어떻게 들어가서 어떻게 진료를 마쳤는지 정신없이 보건 지소로 돌아오며 제발 왕진 요청이 안 왔으면 좋겠다고 기원 했다.

요즈음 "우리 집 개는 안 물어요"라는 유행어를 들으면 그 때의 기억이 난다.

글쎄요? 안 물까요?

# 심부전

보건지소에서 약 4km 떨어진 마을에 정미소를 경영하던 40대 남자 환자가 있었다.

그분이 처음 보건지소를 찾아왔을 때는 숨이 차서 걷지 못하겠다며 저녁 무렵 오토바이를 타고 왔다. 고혈압의 과거력과 진찰 소견으로 보아 심부전이 악화된 것으로 보여 속효성 이뇨제를 반 앰플 정맥 주사했다. 30분쯤 지나 소변이 마렵다며 화장실에 갔다 오더니 훨씬 편안해졌다며 좋아했다.

환자를 앉혀 놓고 병의 원인과 경과에 대해 설명하고 지켜야 할 주의사항에 대해 강조했다. 꾸준히 약을 복용해야 한다면서 그렇게 하지 않으면 병세가 더 악화될 수 있다고 경고했다. 보건지소의 약을 며칠 치 챙겨 주며 꼭 병원에 가서 검사를 받고 치료도 받으라고 재차 당부했다.

그런데 그 환자가 한 달도 안 되어서 늦은 저녁 숨이 차니

주사를 놓아 달라며 보건지소에 또 왔다. 보건지소 약을 먹고 좋아져서 병원에 가지 않았고 전과 같이 짜게 먹고 술도 마시고 했다는 것이었다.

하는 수 없어 또 속효성 이뇨제를 정맥 주사했더니 한참 지나 소변을 보고 나서는 좋아졌다며 일어나려고 했다. 안 되겠다 싶어 불러 앉히고 이러다 심장이 멎으면 끝이라고 겁을 주었다.

그 후 목포에 있는 병원에 가서 검사도 받고 약도 타 왔다며 보건지소에 들렀다. 별 치료도 없이 주의사항만 잔뜩 듣고 왔다며 괜히 갔다며 불평을 쏟아 놓았다. 그 병원에 계속 다니면서 필요한 때에 검사도 받고 약물을 조절해야 한다며 간곡히 권고했다.

하지만 그 후에도 가끔 숨이 차는 것 같다며 주사를 놓아 달라고 보건지소를 찾아와 조르곤 했다.

# 복막염

하루는 저녁 무렵 보건지소 앞이 소란해지더니 한참 지나도 건물 안으로 들어오는 사람은 없었다. 무슨 일인가 하고 내다보니 리어카가 한 대 놓여 있고 사람들이 삥 둘러서 있었다. 리어카에는 사람이 실려 있는 것 같았다.

가까이 다가가 보니 50대 남자가 리어카 벽에 기대앉아 있었는데 야위고 지쳐 보였다. 이웃 마을에 사는 사람인데 아침부터 배가 많이 아팠지만 좋아질까 하고 기다려 보았으나 차도가 없어 보건지소로 모셔 왔다고 했다. 걸을 수가 없어 리어카에 태워 시골길에 흔들리며 왔더니 배가 더 아프다며 내리지를 못한다는 것이었다.

배를 만져 보니 배가 판자처럼 딱딱하고 손도 못 대게 아파했다. 환자의 과거력을 물어 본 뒤 범발성 복막염이라고 판단하고, 리어카에서 내리려고 할 것 없이 바로 수술이 가능

한 병원으로 모시고 가도록 했다. "진도읍으로 갈까요?" 하고 묻는 보호자에게 "목포이든 광주이든 큰 도시에 있는 병원으로 빨리 모셔요."라고 일러 주었다.

그 후 달포나 지났을까? 보건지소 문을 열고 들어선 중년 남자가 있었다. 어떻게 오셨냐는 내 말에 자기를 모르겠냐고 했다. 아무래도 모르는 사람 같아 모르겠다고 했더니 자신이 리어카에 실려 왔던 사람이라고 했다. 전혀 다른 사람이 되어 있었다.

목포에 있는 병원에서 수술을 받고 수술 후에도 오랫동안 입원 치료를 받았다고 하면서 담당 과장님이 조금만 늦었어도 위험할 뻔했다며 고향에 돌아가면 보건지소 의사를 꼭 찾아가서 감사 인사를 하라고 했다고 했다. 어떻게 그런 시골에 실력(?) 있는 의사가 있었냐면서.

# 1000원

한여름 오후, 그늘에 앉아 있어도 땀이 흐르는 날이었다. 70대의 깡마른 꼬부랑 할머니께서 아기를 업고 보건지소에 오셨다.

4km나 떨어진 마을에서 걸어왔다며 힘들어하시는 할머니께 어디가 편찮아서 오셨냐고 물으니 숨을 돌린 후, 당신이 아니라 등 뒤의 아기 때문에 왔다고 하셨다. 며칠 전부터 보채고 떨어지지 않더니 한 쪽 귀에서 고름이 나오기 시작했다고 하셨다. 할머니께 아기를 앞으로 안으시게 하고 살펴보니 돌이 지났을까 하는 여자아이인데 왜소해 보이고 한 쪽 귀에서 고름이 계속 흘러나오고 있었다.

전신 진찰을 한 후에 귀를 들여다보는데 귓구멍에 고름이 가득했다. 고름을 닦아내면 속을 볼 수 있을까 해서 면봉으로 고름을 닦아냈는데 닦아내도 닦아내도 끝이 없었다. 작은 아이 귓속에서 어떻게 그렇게 많은 고름이 나올 수 있는지 신기할 정도였다.

고름을 닦아내며 할머니께 어쩌다 이렇게 되도록 집에 데리고 계셨냐고 물으니 아기 아빠는 육지로 돈 벌러 가고 아기 엄마는 집을 나가 버려 할머니께서 돌보고 있는데 병원 올 돈을 마련하느라고 늦어졌다고 하셨다.

고름을 거의 닦아내고 귓속에 항생제 연고를 발라 주고 나서 아기 먹일 약과 귀 치료에 필요한 약과 탈지면 등 소모품을 있는 대로 챙기고 나서 보니 항생제 연고가 부족할 것 같아 약국에서 연고를 하나 사서 가시라고 하며 "할머니, 돈 얼마나 가지고 계세요?"라고 물으니 땀 닦던 가제 손수건을 펼쳐 꼬깃꼬깃한 1000원짜리 지폐 한 장을 보이셨다. 이 1000원을 마련하시느라 그렇게 보채는 아기를 업고 안고 하셨던 것이었던가!

약국 아주머니에게 전화로 백을 썼다. 아기 업은 할머니가 가실 텐데 항생제 연고를 하나 싸게 파실 수 있냐고. 평소에 친절하셨던 아주머니는 흔쾌히 "소장님 부탁인데"라고 하셨다.

# 의국비

무의촌 근무를 마치고 1980년 9월 말 서울백병원으로 복귀했다. 이듬해 3월부터 수석 레지던트가 되는데 수석 레지던트 한 명이 소위 의국장이란 직책을 맡아 주임 교수님의 지도하에 의국 내의 자질구레한 행정 업무를 관리하게 되어 있었다.

10월 말 내과학회의 추계학술대회가 끝나면 그 해의 수석 레지던트들은 전문의 시험 준비에 전념할 수 있도록 병원 일에서 손을 놓을 수 있게 배려를 해 주었기 때문에 3년차 레지던트였던 내가 의국장을 맡게 되었다.

인수인계를 받고 업무를 익히고 있던 중에 주임교수님께서 찾으셨다. 연구실로 찾아뵈었더니 "의국비가 있나? 어디서 돈이 생기냐?" 등을 물어보셨다. 인계 받은 대로 말씀드렸다. 당시에는 각 제약회사들로부터 매월 일정 액수를 받아

입금해 두고 필요 경비나 의국원들의 회식비로 썼다. "이제부터 그 돈 받지 마라. 돈이 없으면 없는 대로 회식 줄이고 지내도록 해." 그것으로 끝이었다. 평소에 몹시 엄하고 정확하신 분이라 토를 달 수가 없었다.

한참 지나 사석에서 지나가는 이야기로 제약회사의 판촉비도 약값에 포함되어 있어 결국은 환자 주머니에서 나온 것인데 의사가 그런 돈을 받는 것은 사리에 맞지 않다고 하시며 환자에게 맞는 약, 그 중에서도 저렴한 약을 처방해야 하는 의사의 입장에서 제약회사의 판촉비에 현혹되어서는 안 된다. 특히 배우는 사람들이 벌써부터 그런데 맛 들이면 안 된다고 하셨다.

그때부터 이해 상충(conflict of interest)에 대해 가르침을 받았고 임상의사를 하는 동안 그분의 말씀을 내내 명심하며 살아왔다.

# 기도원

　서울백병원에서 전공의 수련과정을 마치고, 9주 간의 군사훈련을 받은 후 육군 대위로 임관했다.

　1982년 5월, 전방 서부전선의 한 군단 직할 병원의 내과과장으로 부임하여 인근 사단, 연대, 대대에서 외진 나오는 장병들을 돌보노라면 하루가 바쁘게 지나가곤 했다.

　날씨가 더워지며 창을 열고 지내는 계절이 왔다. 하루는 당직실에서 밤 근무를 하고 있는데 어디선가 소름이 끼치는 기괴한 소리가 끊임없이 들려왔다. 말 그대로 귀신 소리였다. 정신이 번쩍 나서 당직근무 중인 병사에게 무슨 소리냐고 물으니 근처 기도원의 환자들이 기도하는 소리하고 했다. 이 소리가 기도 소리?!

　병원 뒤편 200m정도 떨어진 곳에 단위 교회로는 한국에서 신도수가 가장 많은 여의도 모 교회의 기도원이 있었다. 이

기도원에서는 유난히 영적 은사에 의한 병 고침을 강조해서 전국의 말기 환자들이 마지막 희망을 품고 모여들어 기도하고 있었다. 날씨가 더워지니까 기도원 외부에 자리를 깔고 철야기도를 하면서 괴상한 소리를 지르고 절규하는데 그 소리가 이 병원에까지 들리는 것이었다.

종종 환자들 중에 기도하다 건강상태가 악화되어 군 병원 외래과(군 병원에서는 응급실을 외래과라고 부른다)로 실려 오곤 했는데 이분들이었던 것이다. 다음부터는 기도원의 환자가 실려 오면 유심히 관찰하고 병력을 묻게 되었다. 참으로 딱한 사연들이 많았다.

정말로 그렇게 기도하면 병을 고칠 수 있다고 믿고 있을까? 그러면 돌아가신 분들은 기도를 하지 않아 돌아가신 게 되나? 사망도 출생과 마찬가지로 인생의 한 과정으로 이해할 수는 없는 것일까?

어느 날 그 기도원 경내를 둘러볼 기회가 있었다. 한 쪽에 자리 잡은, 그곳에서 돌아가신 분들의 묘와 비석을 보았는데 마음이 편하지 않았다. 이곳에 묻힌 분들은 고향이나 가족들 곁에서 돌아가지 못하신 분들일 것이다.

여름이 끝나갈 무렵, 수박을 가득 실은 1톤 트럭이 병원으로 와서 수박을 부려놓고 갔다. 기도원에서 보낸 선물이라고 했다.

"그때 공포는 내 마음에서 온갖 예지를 빼앗아 갔다."
– 몽테뉴의 수상록에서

# 말년 병장

전방에 겨울이 왔다. 서울보다 조금 북쪽일 뿐인데 군대라 그런지 그곳은 훨씬 추웠다.

그날도 당직실에서 밤 근무를 하고 있는데 외래과에서 전화가 왔다. "과장님, 환자 왔습니다." 이상했다. 병원 건물 배치상 정문을 통과한 앰뷸런스는 당직실 곁을 지나 외래과로 가게 되어 있었는데 차 소리를 듣지 못했기 때문이었다.

의아해 하며 외래과로 가 보니 좁은 외래과 안에 병원 내의 위생병이 다 모여 있는 것 같았고, 처치대 위에 고참 병장이 얼굴을 가리고 누워 있었다. 제대가 얼마 남지 않은 병장이었다. 어두운 곳에서 미끄러져 넘어지면서 얼굴 쪽에 길지 않은 열상이 있었다.

몇 바늘 꿰매야 할 것 같아 "봉합 준비해!" 한 마디 했더니 처치대를 둘러서 있던 모든 위생병들이 일제히 움직이며 한

바탕 법석을 떨며 외래과를 돌아다닌다. "너네들 뭐 하냐?" 하며 당직만 남고 내무반으로 돌아가라 해도 다들 외래과 주위를 맴돈다.

상처를 씻고 소독한 후 국소마취를 했다. "흉터가 적게 남게 하려면 가는 봉합사가 좋은데…"라는 내 말에 꽁꽁 아껴 두었던 고급 봉합사까지 내놓았다.

치료가 끝나고 고참 병장을 내무반으로 모셔(?)가는 병사들을 보며 엉뚱한 생각이 들었다. 군단장도 저런 대우는 못 받을 텐데.

# 방위병

전방 근무를 1년 마치고 후방으로 이동되어 남쪽 끝 중소도시 근처에 있는 연대 의무 중대장으로 근무하게 되었다. 군인신분이지만 병원에서 근무하며 의사로서의 역할만 했다. 그런데 이제 군복 어깨에 지휘관의 견장을 붙이고 왼쪽 가슴에도 지휘관 표시를 붙이고 다니게 되엇다. 퇴근길에 동네 꼬마들이 호기심 어린 눈으로 나를 쳐다볼 정도의 복장이었다.

연대장님은 육사 출신으로 아주 멋쟁이셨는데 두 가지만 잘 지켜 달라고 당부하셨다. 첫째는 출퇴근 엄수, 둘째는 두발 관리였다. 나에겐 비교적 쉬운 지침이어서 다행이었다.

후방 부대엔 방위병들이 많았는데 방위병으로 분류된 병사들 중에는 건강에 문제가 있는 청년들이 많았다. 따라서 예하 대대에서 방위병사들의 건강 문제에 대해 상의해 오는 경우가 많았다. 경우에 따라서는 치료 기간이 오래 걸리거나, 후유증으로 정상 근무가 어려운 병사도 있었다. 저런 사람이 어떻게 방위병으로 선발되었을까 싶은 병사도 있었다.

방위병 소집해제(방위병은 제대라고 하지 않고 소집해제라고 했다)를 위한 서류를 꾸며 연대장실로 결재를 받으러 갔다. 이 병사는 이러해서, 저 병사는 저러해서 소집해제해주는 것이 본인도 좋고 관리하는 연대에도 좋을 것 같다고 말씀드리면 내 얼굴을 한번 쳐다보시고는 "당신이 전문가니까" 하며 결재를 해주곤 하셨다.

그 뒤 소집해제 건수가 자꾸 늘어나니까 이러다 애들 다 내보는 것 아니냐고 농담을 하시면서도 결재는 해주셨다. 그 병사들은 지금은 다 어떻게 지내는지? 인자한 연대장님 덕분에 고생 덜하고 소집 해제됐다는 것을 기억은 하고 사는지?

# 예비군 훈련

후방 연대의 1년 중 가장 큰 행사는 예비군 동원 훈련이었다. 동원 훈련이 무사히 끝나면 올해 농사 다 지었다며 자축하곤 했다. 의무 중대도 전시 체제로 바뀌어 평소보다 엄청 많은 장병을 수용하여 6일 동안 훈련을 실시했다.

예비역 장병들은 대부분 바깥에선 멀쩡한 시민들이었지만 훈련에 동원되기만 하면 돌변하여 청개구리들이 되었고, 그것을 무료한 훈련 시간을 보내는 한 가지 즐거움 정도로 생각하는 것 같았다. 특히 장교 출신들이 말썽을 많이 부렸는데 애매한 진단서를 가지고 와 동원 훈련을 빼달라는 사람부터 왜 내무반에 당번병이 없느냐는 사람까지 있었다. 또 툭하면 교육 시간에 열외를 하곤 했었다.

한 번은 근처 도시의 적십자병원 산부인과 과장이 동원되어 왔다. 전에 환자 진료 일로 면식이 있는 분이었다. 야전복이 없어 근무복(정복, 야전복 외에 근무복이 따로 있었다)을 입고 와 유난히 눈에 띄었고, 복장 상태로 보아 일단은 요시찰 장교로 점찍어 두었다.

하루 이틀 훈련이 진행되던 중 진행을 돕던 위생병들이 보고를 했다. "저 장교님은 한 번도 열외하지 않고 모든 훈련에 참여하고 있다."는 것이었다. 생각해 보니 그랬던 것 같았다.

목요일 저녁 결산 모임에서 연대장님께서 물어보셨다. "중대장 옆에 늘 함께 있는 그 장교는 누구야? 복장도 제대로 안 갖춘 사람." 아니다 싶어 변명을 해드렸다. 그분은 적십자병원 산부인과 과장인데 병원 단위에서 근무하다가 제대해서 야전복을 미처 챙기지 못했다고. "그래" 하시더니 "그 사람 말이야 내일 아침 조기 퇴소시켜!"라고 하셨다. 아이쿠! 이건 또 무슨 상황? 의아해하며 쳐다보니 "그 사람 아주 열심히 따라다니던데, 연대장 재량으로 조기 퇴소시키는 것으로 해. 중대원들에게 그렇게 고지해."

저녁 점호 시간에 중대원들에게 알렸다. "저 장교님은 금요일 기상과 동시에 퇴소하신다. 연대장 지시사항이다. 끝!"

장교 숙소에서는 난리가 났다. 불공평하다고.

# 체온계

후방 근무 1년이 지나고 제대 전 마지막 해가 되었다. 군의관 이동이 있으면서 2년 후배가 사단의무근무대로 이동해 왔다. 상급 부대에 후배가 왔으니 말년이 잘 풀릴 징조 같았다. 사단에 들를 때마다 만나서 안부도 묻고 식사도 같이 하고는 했다.

그 날도 예나 다름없이 사단의무대에 놀러 갔더니 후배가 "선생님 환자 한 사람 봐 주세요." 한다. 열이 있어 사단의무대에 입실시켜 놓았는데 며칠 지나니 환자 상태는 좋아지는 것 같은데 체온이 떨어지지 않는다는 것이었다. 병사를 보니 정말 전신 상태는 좋아 보였는데 의무 기록상에는 체온이 계속 높게 기록되어 있었다. 한 가지 특이한 점은 체온이 오르내림이 없이 거의 비슷한 수치를 보이고 있었다.

위생병을 불러 "체온은 누가 재나? 한 병사에게 계속 같은 체온계로 재나?' 물으니 자신이 직접 재고 감염 예방을 위해 한 체온계로 쟀다고 했다. "그럼, 하던 대로 다시 한 번 체온을 재어 봐!" 하니 이 녀석 알코올 솜으로 한번 쓱 닦더니 병사의 겨드랑이에 그냥 쑥 밀어 넣었다. 잠깐! 체온을 재기 전에 체온계를 털어 수은주가 최저점으로 오도록 하고 난 후에 측정을 해야 하는데 털지도 않고 쟀으니 매번 비슷한 수치가 나온 것이었다. 병사의 체온은 정상이었다.

한바탕 웃고 난 후에 연대로 돌아왔다. 이 정도는 가벼운 해프닝이었다고나 할까? 요즘은 수은 체온계를 사용하지 않으니 그럴 일도 없겠다.

chapter
4

# 주례

군 복무를 마치고 1985년 5월, 인제의대 서울백병원 순환기내과 전임강사로 발령을 받고 정든 서울백병원으로 돌아왔다. 3년여의 군 복무 기간이 길기도 했지만 많은 추억을 안겨 주었다.

서울로 돌아와서 그동안 찾아뵙지 못했던 분들께 인사를 다녔다. 하루는 우리 부부 결혼식 주례를 서주셨던 교회 어른 댁을 방문했는데 그동안 몸이 편찮아 고생을 많이 했다고 하셨다. 몇 달 전부터 미열이 있고 기침을 해서 아는 의사의 진료를 받았더니 감기에서 기관지염 등등으로 진단을 받아, 약도 먹었지만 차도가 없다며 걱정을 하고 계셨다.

병원으로 모셔서 정밀검사를 진행했는데 의외로 신장암이란 결과가 나왔다. 암에는 열을 동반하는 암이 있는데 신장암이 그 중 하나이다. 다행히 다른 장기로 전이된 것 같지는 않아 서둘러 수술을 받기로 하고 동료 비뇨기과 교수에게 수술을 부탁했다.

　보통은 수술이 끝나고 하루 이틀 지나면 서서히 통증은 사라지고, 점차 전신상태가 회복되어야 한다. 그런데 어른께서는 계속 복통을 호소하셨다. 이상하다 이상하다 하면서도 그 원인을 정확히 몰라 대증요법으로 버티던 중, 환자상태가 급격히 나빠졌고 결국 산증(酸症)이 오면서 돌아가셨다.

　이런 낭패가 없었다. 사모님과 가족들은 나만 믿고 계신데 그들에게 뭐라고 설명을 해야 하나?

　되짚어 보면 수술이 잘못된 것은 아니었다. 다만 수술 도중 암세포가 혈류를 타고 떠내려가는 것을 막기 위해 수술 전 처치로 신장으로 가는 동맥을 막았는데, 그때 혈관 내에서 생긴 혈전이 신장 아닌 장 동맥을 막아 장에 혈액이 공급되지 않게 되었고, 장의 괴사가 일어나서 그토록 심한 복통을 일으킨 것이었다. 결국 어른께서는 회복 불능의 상태에 빠져 돌아가셨다.

　동료 비뇨기과 교수는 가족에게 정직하게 실수를 인정했고, 친구인 내 소개여서 더 확실하게 하려고 한 수술 전 처치가 잘못되었다고 사과를 했다.

다행히 가족들은 사과를 받아들이고 큰 소란 없이 장례를 치렀다. 그 후로 한동안 병원에 지인들을 소개하지 못했다.

# 관동맥 조영술

전임강사 발령과 함께 새 임무가 주어졌다.

그동안 은사들의 노고로 서울백병원 순환기내과가 꾸준히 성장하고 있었는데, 혈관을 통하여 체내에 기구를 넣고 조영제를 써서 사진을 찍거나 특정한 부위의 압력을 재고 혈액을 채취하여 산소 분압을 재는 등의 소위 침습적 시술(invasive procedure)은 아직 시행하지 못하고 있었다. 우리나라의 앞선 병원에서는 이미 시행을 하고 있었기에 그 병원에 가서 견학과 실습을 하고 필요한 인원과 장비를 준비하여 우리 병원에서도 침습적 시술을 시행할 수 있도록 하라는 임무였다.

어떤 시술이든 처음 할 때는 소위 학습곡선(learning curve)라는 것이 있어 아무리 잘 준비한다 해도 일정 시간 시행착오를 거친다. 그래서 더 철저히 만반의 준비를 하고 엄선한 예만 시행하기로 했다. 팀을 짜서 훈련을 시키고 앞선 병원에서 견학도 함께 하고, 필요한 비품, 약품과 소모품을 확보하는 등 조심조심 한 사례씩 시술해 나갔다. 그렇게 하여 첫해에 10여 시술을 시행하였다.

그 중의 한 분이 신경외과 교수님의 친구 어머니로 협심증이 의심되던 70대 환자였다. 관동맥 조영술을 하기로 결정하고 조심스럽게 시술을 끝냈다. 사진 결과도 그렇게 나쁘지 않아 약물 치료를 하기로 하고 환자를 병실로 모셨다.

이튿날 아침 회진을 도는데 할머니께서 한 쪽을 못 쓰신다고 가족들이 얘기했다. 신경외과에 협진을 의뢰하니 뇌경색이 온 것 같다며 경과를 지켜보자고 했다. 결국엔 문제가 터졌다. 고령의 환자여서 뇌경색이 올 수도 있었겠지만 관동맥 조영술 후 생긴 것으로 보아 합병증이 거의 틀림없었다. 사람의 혈관 안에 기구를 넣으면 기구 표면에 혈전이 생기게 되고, 이를 예방하기 위해 기구 표면을 항응고제 용액으로 닦고 환자에게 항응고제를 주사하기도 하지만 그래도 완전히 막을 수가 없다. 또 기구가 환자의 혈관 내로 들어가고 나오고 할 때 혈관벽을 긁게 되어 혈관벽에 붙어 있던 죽종 같은 것이 색전증을 일으킬 수도 있다.

다행히 더 진행되지는 않아 할머니는 며칠 후 퇴원하셨고 이후 몇 년을 외래로 통원하셨는데 오실 때마다 건강한 쪽 손으로 나를 가리키며 "저 의사가 이렇게 해 놨어" 하셨다.

　　할머니, 죄송합니다. 가족 여러분, 죄송합니다.

# Good Teacher Award

1988년 10월 22일, 서울 올림픽이 끝나고 가족을 데리고 미국 필라델피아에 있는 펜실베이니아대학의 한 부속병원으로 연수를 떠났다. 은사들과 대학 당국의 배려로 문교부 해외 교수 파견 프로그램의 도움을 받았다.

선진 의학 지식을 배우고 훈련을 받는다는 기대와 설렘으로 시작한 연수 생활이 어느 정도 몸에 익을 때쯤, 나를 초청해 준 지도교수가 싱글벙글하며 검사실로 들어왔다. 그날따라 유난히 기분이 좋은 것 같았다. 교수가 나간 후 검사실 동료에게 연유를 물으니 지도교수가 'Good Teacher Award'를 받게 되었는데 그래서 그런 것 같다고 했다.

내가 다시 물었다. 어떤 상인지? 어떤 점에서 지도교수가 상을 받게 되었는지? 동료는 나의 지도교수는 의학 지식도 뛰어나지만 학생들과 전공의들을 지도할 때 망신을 주는 법이 없어서 제자들이 무척 따른다고 했다. 좋은 교수이기 전에 좋은 사람이라고 했다.

1989년 12월 31일 연수를 마치고 귀국했다. 의학 공부도 공부지만 그보다 더 많은 것을 배우고 돌아왔다. 매일의 진료와 논문 준비, 학생 및 전공의 지도로 바쁘게 돌아가던 중에 뜻밖의 선물을 받았다.

1996년 졸업생들이 임상실습 지도 교수 중에서 세 사람을 뽑았다며 감사패를 보내왔다. 이런 영광이! 미국 지도교수의 기분을 어느 정도 알 수 있을 것 같았다.

학생과 전공의들에게 내가 자주 해주는 말이다.

"모르면 물어라. 묻는 것은 배우는 사람의 특권이다. 배우는 사람이 모르는 것은 결코 흉이 아니다. 질문을 받으면 주눅 들지 말고 씩씩하게 대답해라. 말로 표현할 때 생각이 정리된다."

# 친구

서울백병원 근처에 직장이 있는 중·고교 친구들이 한 달에 한 번 점심시간에 모여 식사하면서 환담하는 모임이 있었다. 다들 빠듯한 친구들인데 비해 그 친구는 그의 아버지께서 세운 한일정기화물선을 운영하는 해운회사의 임원이어서 여유가 있었다. 그 친구는 친구들을 위해 자주 지갑을 열었고 친구들 일에도 적극적이었다.

하루는 자기가 수술을 받으러 미국에 다녀와야겠다고 했다. 무슨 영문인가 했더니 폐에 곰팡이가 집을 지어(fungus ball) 폐 부분 절제술을 받아야 한다고 했다. 잘 다녀오라며 헤어지고 나서 마음에 걸려 전화를 했다. "그런 수술이면 한국에서도 할 수 있는데 뭐하러 미국까지 가느냐?" 했더니 처가 쪽에 잘 아는 이가 있어 좋은 병원의 좋은 의사를 소개해주어서 그렇게 되었다고 했다.

그 친구가 일어는 잘해도 영어가 서툴다는 걸 알았기에 "너 영어가 안 되잖아"라고 농을 했더니 이미 약속을 했으니 다녀오겠다고 했다.

보름쯤 지났을까? 다른 친구로부터 그가 죽었다는 소식을 듣게 되었다.

"왜?" 1차 수술은 잘 끝나고 회복 중이었는데 며칠 있다 피를 입으로 쏟으며 쓰러져 응급 처치도 소용없이 죽었다는 것이었다.

운구해 온 시신을 놓고 오일장을 치르면서 친구들끼리 많은 이야기를 했다. 정말 좋은 친구였는데.

한국에서 수술했더라면 결과가 달라지지 않았을까? 내가 더 강하게 만류했어야 했나? 가족들을 볼 때마다 내가 잘못한 것 같아 죄송했다.

# 친구 어머니

친구 어머니께서 양쪽 무릎 수술을 받으러 정형외과에 입원하셨다. 연세가 많고 체중도 꽤 나가는 분이셨다. 젊어서부터 일을 많이 하셔서 무릎 관절에 탈이 난 것 같았다.

인공 관절 치환술 후 경과가 좋아 퇴원하셨는데 다시 무릎이 아프고 부어올라 재입원하셨다. 염증이 생긴 것이었다. 인공 관절을 제거하고 항생제 치료를 한 후 다시 인공 관절을 넣었는데 또 감염이 되었다. 민망하기 짝이 없었다.

수술한 동료 교수에게 물으니 인공 관절 같은 이물질을 넣어 둔 관절에 염증이 생기면 항생제를 써도 잘 낫지 않기 때문에 다시 인공 관절을 제거한 후에 항생제 치료를 해보자고 했다. 친구에게 상황 설명을 하니 그러면 그렇게 해야지 하며 서운한 기색을 보이지 않았다.

　그 후로도 오랜 기간 동안 친구 어머니는 휠체어를 타고 병원에 오셔서 검사도 받고 치료도 받고 하셨는데 원망의 말씀 한 마디 없으셨다. 친구와 친구 동생이 번갈아 가며 병원에 모시고 오면서 지극 정성으로 돌보아 드렸다.

　친구 어머니는 오랜 세월 살아오신 연륜과 신앙심으로 언제나 웃으시며 편하게 대해 주셨다. 결국 돌아가셨지만 지금 생각해도 정말 착하고 너그러운 분이셨다. 그래서 자녀들도 그렇게 착한 것 같다.


　"효의 근본은 무슨 일이든 억지로 하지 않고 자연스러움에 맡기는 데 있다." – 道二翁道話의 孝行修行에서

# 선생님

　병원 복도가 떠들썩했다. 또 어떤 이가 큰소리를 내나 보다 하고 내 일에 집중하려는데 어딘지 많이 듣던 목소리였다. 나가보니 아는 분이었다. 나의 어머니 친구분의 남편으로 그분의 아들 또한 내 대학 6년 선배로 미국에서 마취과 의사로 일하고 있었다.

　다가가서 인사를 하니까 한참 만에 흥분을 가라앉히고 나서 경위를 설명하시는데 결론은 의사들이 되어먹지 않았다는 것이었다. 환자에게 설명도 충분히 해 주지 않고 태도 또한 한심하다고, 새파랗게 젊은것들이 "선생님, 선생님" 하니까 자기네가 뭐라도 되는 줄 알고 안하무인이라고 하셨다. 연장자에게 그렇게 대하는 것이 아니라고 문제점을 지적해도 인정하지 않고 되레 인상만 썼다고 하셨다. 당신 아들, 며느리도 의사여서 그냥 넘어 가려 했는데 도저히 참을 수가 없어 목소리를 높이게 되었다고 하셨다.

"그러니까 최 선생, 선생이란 호칭은 아무에게나 불러 주는 것이 아니야. 선생이란 호칭에 맞게 언행을 해야 하는 거야."라고 하셨다. 누구의 잘잘못을 떠나서 선생님이란 호칭에 대해서 다시 생각하게 되었다.

과연 나는 선생이라 불릴 만한 의사인가? 이후로 어느 분이 나를 "최 선생~" 하고 부르면 그분 생각이 나곤 했다.

道가 있고 德이 있는 사람을 선생이라 불렀다 하니 죄송한 마음뿐이다.

# 칼

연구실에 있는데 병실에서 전화가 왔다. 사망한 환자의 보호자가 시신을 안치실로 옮기는 것을 막고 있다는 것이었다.

60대 남자로 애매한 두통을 호소해서 정밀검사를 받기 위해 입원했고 뇌 CT를 포함한 그때까지의 검사에 특이사항이 없어 다른 과에 협진을 의뢰하고 있던 중이었다. 아침 회진을 돌 때만 해도 대답도 잘 하고 검사를 빨리 끝내 달라고 하던 이가 회진 후 갑자기 쓰러지며 의식을 잃었고, 응급 처치에도 의식은 돌아오지 않고 사망하였다. 나도 황당하였는데 가족들이야 얼마나 기가 막혔을까?

다시 한 번 설명을 하고 이해를 시키려고 보호자가 어디 있느냐고 물으니 환자가 쓰던 병실에 있고 칼을 가지고서 시신을 옮기려고 하는 사람은 누구든 찌르겠다고 위협을 하고 있다고 했다. '설마, 찌르기야 하겠어' 하고 병실로 가니 병실

문은 닫혀 있었고 사고 처리 담당 원무과 직원 둘이 지키고 있었다. 지금 굉장히 흥분해 있으니 위험하다며 상황이 안정된 다음에 들어가라고 만류했다. 다시 생각해도 만나야 할 것 같아 들어가겠다고 하니 그럼 자기네들도 같이 들어가서 만약의 경우를 대비하겠다고 했다. 그러면 더 자극할 수가 있을 것 같아 혼자 들어가겠다고 하고 병실 문을 열고 들어갔다.

외래로 처음 방문했을 때 동행했던 환자의 누나였다. 침상 곁에 앉아 이쪽은 쳐다보지도 않았다. 경과를 다시 설명하고 정말 죄송하다고 의사라도 예측할 수 없는 상황이 가끔 있으니 이해해 달라고 간청을 했다. 고개를 숙이고 듣고 있던 누나가 고개를 들어 쳐다보더니 살짝 웃음을 띠었다. 이건 무슨 조짐?

"내가 최 선생이 어떻게 나오나 보려고 했는데" 하며 나를 봐서 이쯤에서 그만 접겠다고 하시며 동생의 시신을 모시고 안치실로 떠나셨다.

진심이 통했나?

# 아내

1997년 12월 말에 아내가 수술을 받았다. 평소에 건강했고 아이 넷을 낳아 키우며 자기 몸을 돌볼 겨를이 없었던 사람이었다. 어느 날부터인지 음식을 삼키면 목에 무엇인가 걸린 느낌이 난다고 하여 위내시경 검사를 받게 했더니 진행성 위암으로 진단이 되었다.

감사하게도 일반외과 교수님께서 서둘러 수술을 해 주셨는데 암 조직이 식도에 가까이 있어 암 주위 조직을 충분히 제거하지 못했다며 걱정하셨다.

그 후 항암제를 맞으며 경과를 지켜보던 중, 1998년 여름에 종양내과 교수님께서 복강 내로 전이된 것 같으니 항암제는 그만 두자고 하셨다. 아내는 눈치를 채고 그 후부터 암 치료에 좋다는 것은 무엇이든지 해 보려 했다. 상황버섯 달인 물, 적외선 치료기, 유기농 식품 등등. 의사인 나로서도 속수무책, 그런 아내를 지켜볼 수밖에 없었다.

마지막엔 뇌에 전이가 되었는지 극심한 두통을 호소했다. 약도 듣지 않았다. 손가락으로 두피를 주물러 주면 잠시 좋아진 듯 하다가 다시 두통을 호소했다. 하는 수 없이 병원에 입원하여 주사약으로 통증을 조절하는 수밖에 없었다. 결국 아내는 1999년 1월 말에 세상을 떠났다. 48년 2개월을 살다 갔다. 불쌍한 사람!

1년여 병마에 시달리는 아내를 간병하며 많은 생각을 했다. 내가 그동안 돌보아 왔던 환자들, 가족들은 어떠했을까? 내가 그들을 어느 정도 이해하고 대했을까? 그렇게 의사도 철이 들어가는 모양이었다.

그 후로 내게는 별명이 하나 붙었다. "진짜 돌팔이."


"사람이 친구를 위하여 자기 목숨을 버리면 이보다 더 큰 사랑이 없나니…"-요한복음에서

# 어머니

아내가 앓고 있던 무렵, 더 기가 막힌 일이 내게 또 일어났
는데 어머니마저 병원에 계셨다. 어머니는 사시는 동네 근처
에서 개업하는 나의 1년 후배 내과의원에 다니면서 이런저런
혜택을 누리고 계셨다.

어느 날 그 후배가 전화를 해서 어머니의 소변 검사에서
피가 보인다고 했다. 서울백병원으로 모셔서 방광 내시경과
세포 검사를 받고 방광암으로 진단을 받았다. 1998년 여름
비뇨기과에서 수술을 받고 퇴원을 준비하고 있던 무렵 평소
에 백내장으로 불편해 하셨는데 병원에 온 김에 그 수술도
받고 갔으면 하셨다.

아닌데 싶었지만 서운해 하실 것 같아 그대로 진행했다.
역시 무리였다. 노령에 연이은 수술로 면역 체계가 무너졌는
지 패혈증에 빠져 몇 달을 병원에 계시면서 죽을 고비를 넘기

시고 겨우 퇴원하셨다.

　이후 어머니는 누이동생 집에서 요양을 하고 계셨는데 어머니 회복이 늦어지자 조바심이 나신 아버지께서 마포에 있는 한의원에서 한약을 지어와 어머니에게 마시게 하셨다.

　어느 날 누이동생 집에 들러 어머니를 진찰하다가 몰라보게 살이 찌고 혈압이 올라 가 있는 것을 발견했다. 평소에 혈압약을 먹고 계셨는데 병원에 계실 동안 약을 중지하고 있었으므로 다시 혈압약을 드시도록 하고 돌아왔다.

아내 장례를 치르고 얼마 되지 않은 3월 초에 누이동생에게서 급한 전화가 왔다. 어머니가 이상하다는 것이었다. 병원에 모셔 뇌 CT를 찍어보니 뇌에 출혈이 심하게 와 있었다. 그 후 두 달여를 중환자실에서 고생하시다 5월 중순에 돌아가셨다.

어머니 장례를 치르고 난 후, 아버지께서 물어보셨다. "뭐가 잘못되었냐?" 내가 아무 대답을 않자 "한약 때문이냐?" 했다.

아버지도 마음고생을 많이 하신 것 같았다.

그 누가 알았겠습니까? 같은 해에 아내와 어머니를 연속해서 보내게 될 줄을.

# Merry Christmas & Happy New Year

2011년 3월부터 2016년 2월까지 서울백병원의 원장으로 막중한 책임을 맡았다.

서울 도심에 자리한 서울백병원은 병원 주위에 상시 거주 인구가 적다보니 병원 경영이 계속 악화되고 있었다. 임상의사로만 활동하다가 경영을 맡아 하려니 부족한 것이 많았다.

병원 식구들을 독려하여 병원 분위기를 바꾸고 구조 조정을 통해 인건비를 줄이고 하던 중에 직원들 한 사람 한 사람에게 너무 많은 것을 요구하는 것 같아 언제나 마음 한구석에 미안한 마음이 있었는데 어느 날 뉴스를 보다 외국의 한 회사 이야기를 접하였다. 회사의 사장이 직원들을 위해 기회가 있을 때마다 깜짝 파티를 열어 직원들의 사기를 올려 준다는 내용이었다.

마침 2014년 크리스마스가 다가오고 있었다. 간호부서 간부들의 도움을 받아 크리스마스이브, 밤에 산타클로스 할아버지로 분장하고 "Merry Christmas!" 하며 밤 당직 근무 중인 직원들에게 선물을 나눠 주었다. 약소한 선물이었지만 선물을 받아 든 직원들의 표정은 그야말로 서프라이즈였다. 함께 사진을 찍으면서 그렇게 좋아하는 모습을 보는 것만으로도 수고한 보람이 있었다.

2015년 크리스마스가 다가오자 간호부서 간부들이 올해는 어떻게 하느냐고 물었다. 생각해 둔 게 있어 2015년은 크리스마스 대신 연말 자정에 신년인사를 하며 세뱃돈을 주자고 했다. 크리스마스이브를 그냥 지나치자 많은 직원들은 '그럼 그렇지 일회성 행사였겠지' 하며 실망하는 분위기였다. 연말 자정에 "Happy New Year!" 하며 만 원이 든 세뱃돈 봉투를 나눠 주자 40여 명의 밤 당직 직원들은 또 한 번의 서프라이즈에 환호하며 행복해했다.

일회성 행사로 직원들의 노고에 감사함을 충분히 표현할 수는 없었겠지만 직원들의 행복한 표정에서 오히려 내가 더 행복한 시간이었다. 모든 사람이 쉬거나 즐기고 있는 시간에도 꿋꿋이 자신의 자리를 지키고 있는 직원들에게 항상 감사

한 마음이었다.

　어느 조직에나 어느 사회에나 눈에 띄지 않는 곳에서 묵묵히 자기 몫을 다하고 있는 이들이 있어 조직이나 사회가 매끄럽게 굴러 가리라. 감사합니다.

# 동문들께

동문들의 청에 못 이겨 이 글을 쓰고 있습니다만, 딱히 쓸 거리가 없어 걱정입니다. 남달리 내세울 것도 없는 데다가, 가만히 지내는 것을 좋아하는 성미라 어째 번거로운 것 같고 어색합니다. 배운 게 환자 보는 것밖에 없으니 그 이야기를 하라고 하는 것 같은데, 요즈음 동문들을 위시한 시민들의 의학 지식이 웬만한 전문가의 경지에 이르고 있으니, 섣불리 보따리를 풀었다가는 가만히 지내면 중간은 하겠지 하는 비장의 호신책마저 쓸모없는 것이 되어 버리지 않겠습니까? 그래서 의학 지식이 아닌 병원 주변의 이야기로 숙제를 대신하겠습니다.

가끔 동문들이나 친지들로부터 전화를 받습니다. 가까운 분이 불편하셔서 어느 병원에 갔더니 아무개 의사가 어떻게 하자고 하는데 그렇게 해도 괜찮겠냐? 다른 병원의 아무개 의사가 그 분야의 최고라는데 그곳에 가보아야 되지 않겠느냐? 네가 잘 알면 연결을 해줄 수 있겠느냐? 대충 그런 내용입니다. 누구나 할 것 없이 최고의 의사에게 최고의 진료를 받고 싶은 마음에서 여기저기 수소문하다 보니 저한테까지 연락이 닿은 것이겠지요. 그런데 지금도 죄송한 것은 제가 한 번도 시원하게 도움을 드리지 못했다는 것입니다. 왜냐하면 처음부터 환자를 보아왔던 그 의사가 저보다 환자에 대해서 더 많이 알고, 대체로 그 전공 분야에서 훨씬 나은 분이니까요. 그러니 그저 그렇고 그런 일반적인 이야기를 해줄 수밖에 없었지요. 정말 미안하게 되었습니다.

그런데 가만히 따져 보면 세칭 명의라는 분도 소싯적에는 햇병아리 의사 시절을 거쳐서 오늘의 명의가 된 것이 아니겠습니까?

옛날 어느 마을에 오랫동안 병으로 고생해 온 이가 살고 있었습니다. 살림살이가 괜찮았던지라 여기저기 수소문해서 용하다는 의원을 찾아 진맥도 받아 보고 좋다는 약도 구해서 보았지만 별 효험이 없었습니다. 하루는 큰 결심을 하였습니다. 이렇게 지내다 죽느니 집안 정리를 한 뒤에 내가 용한 의원을 찾아가 보자. 틀림없이 어딘가에는 내 병을 고쳐 줄 명의가 있을 것이다. 그는 집안을 정리한 뒤에 먼 길을 떠났습니다. 언제 돌아올지, 살아서 돌아올지도 모르는 길이었습니다. 그런데 이 사람은 특별한 능력을 가지고 있었는데 육안으로 귀신을 알아 볼 수 있는 능력이었습니다.

온 나라를 다니며 물어 물어 용하다는 의원을 찾아갔습니다. 하지만 정작 그 용하다는 의원이 살고 있는 마을에 들어서다가는 깜짝 놀라 발길을 돌리지 않을 수 없었습니다. 왜냐하면 그 마을 위에는 그 의원 때문에 죽은 많은 귀신들이 원통하고 원통해서 다음 세상에도 못 가고 그 의원의 집 주위 하늘을 맴돌고 있었기 때문입니다. 그러기를 몇 해, 기력은 더 떨어지고 노자도 떨어지고 집안 식구들 소식도 궁금하고 해서 처음의 결심을 포기하고 집으로 돌아가기로 작정합니다. 죽어도 집에 가서 죽어야지!

낙담해서 집으로 돌아오는 길에 한 마을을 지나는데, 갈 때는 보지 못했던 의원 한 곳을 발견했습니다. 새로 단장을 했는지 건물의 외양도 깨끗하고 좋아 보였습니다. 그런데 말입니다. 아 글쎄, 그 의원의 하늘 위에는 귀신이 하나도 보이지 않는 것이 아니겠습니까? 너무나 기뻤습니다. 그러면 그렇지! 하늘도 그렇게 무심할 수는 없지! 드디어 찾았어! 그런데 왜 가는 길에는 못 보았지? 어찌 되었던 설레는 마음으로 의원으로 들어섰습니다.

마당에는 단아하게 생긴 한 젊은이가 마당을 쓸고 있었습니다. 자초지종을 듣고 나더니 젊은이는 이 분을 방으로 안내하고 나갔습니다. 한참이 지났습니다. 그동안의 세월에 비하면 아무것도 아니지만 기다리는 시간이 너무 길게 느껴졌습니다. 어떤 분일까? 얼마나 용하신 분일까? 어떻게 한 사람의 환자도 잃지 않을 수 있었을까? 신기롭기만 했습니다. 드디어 방문이 열리더니 아까 그 젊은이가 옷을 깨끗이 차려입고 들어왔습니다. 물었습니다. "의원님은 언제 오십니까?" 이 젊은이 영문을 모르겠다는 표정으로 "의원이라니요? 제가 의원입니다. 실은 오늘 처음으로 문을 열었습니다."

어느 분야나 그 분야를 유지하고 발전시키는 주체는 사람이고 인재가 아니겠습니까? 그리고 인재는 필요하다고 해서 오늘 당장 만들어지는 것이 아니라 오랜 기간 노력과 정성을 들여서 길러지는 것이 아니겠습니까? 특히 의료 분야는 몸과 마음이 성치 않은 환자를 돌보아야 하는 전인적인 인재를 길러내야 하므로 더 많은 노력과 정성을 필요로 합니다. 이러한 노력도 없이 오늘 당장 모두가 최고 의사와의 진료만을 찾는다면 내일의 용한 의사가 어찌 나올 수 있겠습니까? 아마도 오늘 여러분을 또는 여러분의 가족을 진료하고 있는 그 의사가 명의이거나 아니면 장래의 명의가 될 사람일지도 모릅니다.

저의 의사 생활도 어느덧 20년이 되었습니다. 20년 간 직접 또는 간접으로 진료했던 많은 분들을 생각하고 또 큰 사고 없이 지내올 수 있었던 그동안의 나날들을 생각하면, 정말 많은 분들에게 큰 신세를 겼구나 하는 생각이 듭니다. 그분들의 신뢰와 격려 덕분에 매일 조금씩 또 조금씩 커 왔습니다. 이런 고마운 마음에서 해묵은 각오를 또 해 봅니다. 더욱 성실히 환자를 돌보아야겠다. 내 가족이라 생각해야지! 좋은 의사는 좋은 환자들의 신뢰와 격려가 있을 때 길러지는 것입니다.

요즈음 여러분 주위의 의사들이 무척 고전하고 있습니다.

의료보험 수가다 의료분쟁이다 해서 잔뜩 주눅이 들어 있지요. 이들이 이렇게 계속 위축되어 종국에 가서 제 기능을 못하게 된다면, 정작 아쉬울 때 그런대로 써먹어야 할 인적 자원이 없어지니 낭패가 아니겠습니까?

저는 동문 여러분이 이러한 악순환의 고리를 끊는 일에 첫 삽을 들기를 권하고 싶습니다. 여러분의 단골 의사에게 이번 연말에 연하장을 보냅시다. 우연히 마주치면 인사합시다. 사람 사는 것이 다 그런 것 아닙니까? 주는 대로 받는 것이라지 않습니까?

역시 별로 도움이 안 되는 이야기만 늘어놓았습니다. 미안합니다.

※ 이 글은 1997년 경 중고교 동문들의 요청으로 동문회지에 실었던 것입니다.

# 의창에 번지는 잔잔한 미소

− 최석구 원장의 문집에 붙여

## 유혜자

전 한국수필가협회 이사장

사람에겐 해야 할 일과 하고 싶은 일이 따로 있다고 생각한다. 의무적인 일보다 하고 싶은 일은 생각만 해도 가슴이 뛰고 마음이 밝아질 것이다. 최 원장님의 40편에 달하는 글을 보면 고단한 시간도 있고 기쁨과 보람의 순간도 있다. 그러나 '의사가 아니고 다른 직업을 택했더라면 좋았을 텐데' 하는 가정이나 회의가 없다. 그야말로 하늘이 주신 천직으로 귀하게 여기면서 인간애로 환자를 돌보며 마음을 가다듬고 글쓰기의 텃밭도 자연스럽게 가꿔졌음을 알 수 있다.

짤막한 글들, 의창 스케치가 따뜻하고 유머가 있으며 정곡을 찌르는 명언이 인상적이다. 같은 길을 걷는 의사후배들에게 공감을 줄 뿐만 아니라 읽는 이들에게 바람직한 삶의 진실과 생활철학을 느끼게 한다. 전문분야의 끊임없는 경쟁대열에서 피곤하게 보내셨을 텐데 번뇌와 고민이 짙게 느껴지지 않음은 성공한 명의로서의 명예보다 좋은 의사가 되고 싶었던 순수한 소망이었음을 짐작케 한다. 졸업식 날 밤부터 시작해서 무의촌 근무, 군의관, 서울 유수의 종합병원의 의사에서 병원장까지, 40년 동안 기쁨과 보람도 있었지만 허탈감과 고독으로부터 벗어나고 싶기도 했으리라. 이제 강원도 벽지에서 소박한 의료봉사를 하면서도 그동안 신뢰해준 이들에게 감사하며 '내 삶의 행복한 만남'을 셈해보며 쓴 글들에 박수를 보내고 싶다. 위엄 있는 의사와 환자의 인연으로 만났지만, 거리감 없이 친근하게 맞아주던 모습을 뵐 수 없어 섭섭했는데 문집을 대하게 되어 반가움을 금할 수 없다.

선한 인품과 인술로 인생의 아픔을 가져주며 걸어오신 최원장님의 아름다운 문집 발간을 진심으로 축하드리며, 그가 보여준 미소에 고마움을 전합니다.